安止左幾

atosaki

河内文雄句集

ふらんす堂

目次

句集　安止左幾

睦月

残り湯の其処に留る去年今年

半起きの嬰はもぞもぞと初茜

大発会取らぬ狸は良く肥ゆる

人日のここから先は人の憂さ

初薬師今年も干支になれぬ猫

あらかたの願ひ叶ふや残り福

左義長ゆ幾つ重ねむ火の畝り

女正月努めて角の立たぬやう

大鷲は空の出口を見うしなふ

枳殻のとげの乾びも冬のわざ

悴みのペンは罫線またぎけり

開き又閉づる日記を始めけり

氷雪の埠頭に錆びてこその鉄
雪をんな出番ふたたび訪れず

糾弾のゆび無機質の如く凍つ

雪を去る無言の背中うら表紙

雪原の駱駝やはり眠さうな眼

忍ぶれど僥き色をふゆすみれ

炬燵守てふ放蕩のなれの果て
宿しをる千手観音ふゆけやき

寒鴉このくちばしは肩が凝る

幾重もの静寂に太る氷柱かな

厳冬の身を預けつつ攀づる岩

もつれ込む最終局や御神渡り

うら若きみなもへ鴨の乱数表

ゴンドワナ大陸の羊歯連綿と

しばれるや細き闇持つ注射針

冬帝に喧嘩売りをり女子高生

たはむれに夜をまとはせ寒蜆

白鳥は夜のくぼみに横たはる

如月

寒たまご立てて詮なき人の口
次々と雪はおのれを虚しうす

雪吊のすゑ広がりの水面かな

餞は春の立つ日のそのやうに

をりふしの万金丹としら梅と

薄氷のすでに起伏を持つ朝か

初蝶は憂き世の風を捌きつつ
縦長のスマホの写真春きざす

人のかげ乗せ薄氷の流れをり

恋猫のいつしか愛へ通ひみち

山焼の夜を殴り描き火の絵具

雌雄など何のものかは蕗の薹

ものの芽や大内宿といふ奇跡

恍惚のトルコ兵めくく風ぐるま

蒲公英や歴史は風の吹き回し

鞦韆の静かに揺るる夜の孤独

疾く陽光《ひかり》摑まむとこそ早蕨の

うら庭を雉のあゆむは大股に

寒明の肩くるくると回りけり

盆梅の芯を地軸の突き抜けて

峡谷をはるか地平に遊糸立つ

たましひは俄に割るる石鹼玉

憧れは流離のつばさ梅ひらく

水平線ひと筆書きにしだれ梅

所在無き水の挙りて雨水なる
公魚を山の上まで釣りに行く

早春の譜や沈船の真くらがり

洗はれて暖流の岸春ショール

春めくや徐々《そろそろ》竿を売りに来る

路地主の猫ひき籠る余寒かな

弥生

正門を真つ直ぐ出でて卒業す

橋げたは雪解の響き縦割きに

雁帰るそらの容をとゝのへて

師弟とは接穂砧木のあひだ柄

うりずんや星を宿せる夜の雲

又姪と大伯父ひなの主客なる

辻褄を無理やり合はせ鳥帰る

型崩れときに美しとや斑雪山

連翹やとほき峰ほど青くなる

人の気配とどく辺りを石鹼玉

はるがすみ死は茫洋と白孔雀

亀鳴くやなぞの呂律を操りつ

桜貝さちの一日をあげようか

均等にしぼむ風船是非もなし

地に足のつかぬ記憶の半仙戯

囀はのどより出でて耳に入る

春塵や銀座の老舗またひとつ

己が背を燕ごときに見せぬ空

火を以て貴しと為す修二会哉

土ぼこり耳朶に留まり春疾風

春分や砂漠の尾根に陽が沈む

呼捨ててふ尊称《よびな》もろ共卒業す

辛ければ帰つておいで鳥雲に

春や風のほとりに青銅の騾馬

亀鳴くや溜息ひとつ星ひとつ

躊躇ひの春月さそひ出す夜か

卒業す頰の丸みをそのままに

長靴の似合ふ禰宜なり水温む

のどけしや新幹線は鼻伸ばす

背徳のわな濡れて三月は逝く

卯月

四月馬鹿安全ピンの針刺さる

花祭り誰も参らぬ咽喉ぼとけ

春宵のまだやはらかき嘘の芯
逃水に逃げぬ選択あらざれば

闘牛の勢子や世襲の面がまへ

眼は見たき物だけを見る花衣

のどけしや猫が補欠の草野球

春宵の奈落へ銭を投げてみる

逃水のあふるる噂なくもがな
若描きの筆の迷ひを郁子の花

糸遊や今日の頂点このあたり

わづか目を離せし隙に潮干潟

行く春や橋の四隅に親ばしら

ライバルは対角線に春の修羅

切り分けて食へぬ訳では花筏

桜蕊降るやキャリアの忘れ物

乾坤やちちはは知らぬ雀の子

君寄りのぼく僕寄りのきみ朧

揺曳や遠出叶はぬシャボン玉

咲き満ての花と嫋々たる枝と

菜の花の土へと還る道すがら

春を行くバスの手摺の縦横に

あはれ芝桜にも地を這ふ苦労
春駒のときに跳ぬるは親の傍

花疲れあらかたは人疲れなる

緊張を気取られまいと新社員

逃水をかくまふ日陰なる不敵

無意識につかむ仕草を花吹雪

春雷や吊り革の揺れ軍靴めく

海よ春の騒きにたゆたふ海よ

皐月

巻貝の螺旋おのおの夏に入る

田舎には偶に来るけん金銀花

空蟬や命にのこり香のあらば

甘藍の肌つややかに手甲脚絆

牡丹伐る程の大事を軽やかに

薪能まだらな闇の揺らぎをり

剎落の美しや若葉の盧舎那仏

卯波立つ地に天誅のある如く

この里に訴訟を聞かず桐の花

夏蕨ひとときは固く巻きにけり

風みちのシグナルなべて青嵐

背嚢を腹に牡丹をまならうらに

あの頃は笑つて許り苺パフェ

生涯を非凡ひとすぢ大山椒魚《おほさんせう》

時はいま折り目を正す夏帽子

気紛れな風に縺るる鯉のぼり

想ひ出の内そと苺みづみづし
一本の糸より始め蜘蛛の囲へ

虞美人草おまへは何と闘ふか

競艇はターンが全て夏つばめ

傲慢の誹り緋牡丹あまんじて

青すだれ眉に紅さす祇園かな

之繞のはらひ長しや迎へ梅雨

虹を吐く穴深からむ暗からむ

白妙の海芋巻くとも包むとも
初なつや渚はいつも拭ひ立て

素通しの空を手狭に夏つばめ

追縋る切符ふり捨て棕櫚の花

青芒切れてはならぬ指に触れ
無垢の土踏むこと久し麦の秋

水無月

心映え美しや芭蕉布着熟して

梅雨寒の橋を渡ればつぎの町

万緑の一枚摘みてしをりへと

謀りのかべを越えざり蟻地獄

反転の滝とどろけり股のぞき

母国語を紡ぐ舌とや汗ばみぬ

賢しらに神を名告りて霹靂神

夏至や憂し当直仮眠取得不可

孑孑は文字にまで突放されて
白鷺の治世運河にまでおよぶ

象の名は森羅万象明けやすし

十薬の微光しづもる社会の隅

過去の無き海の果てまで南風

夜光虫厭々ながら嬉々として

味とがる初日のカレー半夏生

夏萩のいろの疎らを床しとも

軍港の盾と古りにし白夜の島

モデルらの肌や露はに熱帯魚

抱合うて梅雨寒眠る仔犬かな

玉葱の尻に根の張る安堵かな

源氏名を持たざる平家蛍かな

黙々と小言おやぢは実梅もぐ

サンダルや栄華百年インカ道

噴水に下手な気骨の無き強み

父の日の軽きとも亦重きとも

諸行より無常ひびけり蟻地獄

みじか夜の天井昨日より低し

走馬灯地味な誰彼振り落とし

日盛りの書肆街カレー激戦区
麻服の皺いづこにて拾ひしか

文月

遠浅の市街《まち》灼けて迷子の指輪
陽光の角は磨り減り夏の果て

海の日は来る海の無き県にも

梅雨明けや少年院のありし町

愛されぬその切なさを羽抜鶏

採血の下手な看護師蚊に学べ

騙絵にだまされたふり暑気払

これが彼の無垢の欅の冷蔵庫

どこ迄が演技ビール呷る女優

玉虫をしりぞけ鉄にくみす国

哲学に殉じ茗荷の子を喰はず

疾走の鼻梁は汗を振り分けて

運河には直線目立つ蟬しぐれ

恐竜と蟻の吐息をヒトが吸ふ

夏は逝く隠し扉を開けしまま

所作台詞いつぽん調子夏芝居

行く水を通過儀礼の滝が待つ

海鳴りの硬く響けり丸はだか

がに股を器用に曲げて三尺寝
もろ肌の灼けて足場の板撓む

日盛りのけものの匂ひ乳母車

地層てふ地球の寝押し晩夏光

心逸る帰省のホーム弓なりに

双眸の列車せまるや熱波の裡

半島ののこり半分なつやすみ

夏枯れの回送列車ほどの無駄

化身とも言ふべき鰻屋の主人

水平のひる寝と垂直の目覚め

横積みの古書の虫ぼし縦並べ
逝き方と覚ゆるごとく遠泳す

葉月

冷房のこころに及ぶこと切な

蝦蟇の血の乾び回教《イスラム》原理主義

滝壺の底よりみづの崩れ初む

玫瑰や祖国の果てはうら哀し

優曇華の瑞兆凶事かまびすし

太陽に汗疹晒してをさな児は

諦めは良きに悪しきに月見草
命あるものに緩急やぶ枯らし

水勢のあれよあれよと秋出水

秋暑し理屈で家が建つならば

実山椒のみの食卓ほどの娑婆

信心はこれつぽつちも鉦叩き

朝顔や海をここまで船溜まり

秋の蚊の乾きし声を疎みけり

秋めくや擬宝珠に残る刀きず

年毎に無口となりて門火焚く

台風のひた押しに海渡りけり

手の振りに種も仕掛も阿波踊

業火《ひ》の猛り殊更なるや大文字

施餓鬼てふ優し恐ろし一夜哉

微笑みを憂しとも覚ゆ花木槿
稲づまは闇の真価を明るみに

ひと頻り見得を切りてや秋蛍

秋出水こげな在処に家建てて

生きつぎて影を遺さむ法師蟬

秋めくや光を惜しむ切り通し

魂棚やこころの重さ三グラム

地蔵盆はづれ籤にも歴史あり

そらの尻吉田火祭焦がしをり

星飛ぶや宇宙《そら》の運命線なぞり

長月

濃く淡く霧は佳境を描き分け
つぎの行つぎの段落へと夜長

海猫帰る港のをんな捨置いて

つち壁の木《こ》舞《まひ》あらはや秋落暉

障子洗ふに定まらぬ腰の位置

凶作のニュースに然程驚かず

木賊刈る世の尋常を知らぬ儘
渺漠と群れて儚きあきざくら

鬼の棲む闇に棹差す夜長かな

社是家訓規矩さまざまや秋簾

三日月の鋭角合はせまだ鋭角
龍淵に潜む素顔をさらけ出し

日直のひとり下校やいわし雲

天の川過去のみ語る母にして

颱風や傘にお猪口と云ふ秘策

月明に騎馬民族の十重二十重

窓硝子九月の雨に溶け初むる
包まれて我も銀河の一人なる

押しとほる鮭の一群おし黙り

水面の月は似てをらぬ肖像画

乗り余すひと駅長き白露かな

天国のみづ甘からむ曼珠沙華

十五夜を袈裟懸に雲過りけり

つつましき団地の窓や十三夜

切結ぶ百舌鳥の鋭声や干拓地

人流は馴染めぬことば虫集く

滅法な二百二十日の汐じめり

餞暑光ガラスの器仕舞ひけり

未舗装のみちの直きや青銀河

星月夜ダークマターの充満す

神無月

落日す熟柿を海に撒くやうに

身に入むや朱硯の銘は牢名主

月あかり乳を含ませをさな妻

浅鍋や笹掻き牛蒡やま盛りに

首筋へつたふ目ぐすり冬隣り

一山をたかが薄の揺らしをり

松茸に言葉遣ひのあらたまる

群生と云ふには疎らからす瓜

秋茄子の粋は味蕾へ馬乗りに
珈琲の挽きたて秋の陽が香る

神の愚痴神が聴きをり神無月

師系さかのぼり源平霧ぶすま

饗すにひとつを千切り吊し柿

点頭はみぎにならへの芒かな

客人に予定不調和ばつたんこ

根の気配消して地に佇つ狐花

捨案山子自由と自在とは違ふ

万感のハグ十月のあねいもと

やせ細る都会を包みいわし雲
懐かしき声よみがへる霧の底

冷まじや海の底まで国ざかひ

リモートは時の徒花ちちろ虫

新酒酌み交しどうでも良い話

牛蒡引く体の硬きをとこかな

天高し隕石でも落ちて来ぬか

煌めきは長ずるほどに後の雛

北枝に調子はづれの柿ひとつ

白菊や身に寸鉄を帯びぬ御所

東京は歩《あり》くに限るピラカンサ

鉄匂ふ猟夫のまなこ笑はざる

霜月

勝負どき見のがしてをり懐手

街の灯は時雨のジャズを歌枕

木枯らしを歩幅の広き老夫婦

初雪の予感ははづれ髪を切る

月山のふもと一夜にして冬野

箸休めほどの小春日賜はりぬ

列島の重心さがる落ち葉かな

子供らも聽ては父祖や七五三

いし垣の底の胴木やもがり笛

残照に映え朱欒この山のぬし

陽溜りに朱色のかをり小六月

異端者よ逸れものよと返り花

冬麗やいくさを知らぬ大手門

鬼ひそむ魏志倭人伝日向ぼこ

頭を振れば青女煌めく朝暘に
子の帯のすぐに緩ぶや千歳飴

もんじや焼篦に掬ひて一葉忌

愛されてゐる確かさに浮寝鳥

弓なりに石編む城や初しぐれ

壜と壺ともに冷たき口を持つ

冬ぬくし商店街も間延びして
セーターの毛玉近頃見当らず

不意突かれ殊更うれし冬の虹

木枯しのまんまと城の枡形へ

枯れ切らぬ草の矜持を石垣に
ゆびで割るほど良き厚さ初氷

饒舌な雨と無口なはつゆきと
兄さんもお気ばりやすと薬喰

紙漉の延ては水を無きものに
蓮根の穴に秩序のあるカオス

師走

みちのくへ雪の光陰ふり積る

うら路地のひとり反省会寒し

羊毛絨毯《ゲリーム》は大草原を忘れざる
里かぐら脚本《すぢ》知りたがる石頭

煤逃の眉毛が既に詫びてゐる
押しつつむ禁断の恋ささめ雪

歳晩の同じ居酒屋おなじ与太

木枯を来て偏愛のマグカップ

独走やラグビーの笛耳ざはり

厄年は疾うに突き抜け大根焚

里帰りして乳白色《ミルキー》な毛糸編む

クリスマスイブ億万の鶏屠り

もてなすに辛味大根てふ秘策

歳晩の耳しつかりと独りごと

倒閣の舌鋒おでんにてヤケド
絨毯へ見果てぬ夢の零るるか

苦やここで笑はなければ枯葎

冬ざれや砂は己をそぎ落とす

どの咳も世界に一つだけの咳

湯を焦がすまでの焚火の物語

手放せぬマスク今更素顔など
着膨れて性悪をんな善女めく

寄鍋に御社弊社をこき混ぜて

数へ日の時計回りに倦む時計

カタコトで正義謀る聖夜かな

敗れざる者らのこころ埋火は

霜ばしら歪み撓みを旨として

着膨れて滅多な事の起くる由

年末の一日おのれの顔を見ず

句集てふ生きたあかしを寒桜

あとがき

俳句は切羽詰まった文芸です。「韻・季・切」の三大要件を満たしながら、わずか十七音に、サプライズもポエムも、さらにオリジナリティまで盛り込まなければなりません。

この句集に収められた三百六十句のうち、いったい何パーセントがその目標に近づくことが出来たか、はなはだ心許ない限りですが、少なくとも心構えだけは、そのようにありたいと願って句作を続けて参りました。

俳句は印刷された時点で作者の手を離れ、広い世界へ飛び立っていきます。ふたたび私の元に戻ってきたときには、余りにも大きな句風の変わりように、きっと驚くことでしょう。その日を楽しみに精進を重ねたいと思います。

令和五年二月

河内文雄

著者略歴

河内文雄（こうち・ふみお）

昭和二十四年　岐阜県飛騨高山にて出生
平成二十八年　「銀化」入会
令和二年　第一句集『美知加計』（ふらんす堂）
令和三年　第二句集『美知比幾』（ふらんす堂）
令和四年　第三句集『宇津呂比』（ふらんす堂）
　　　　　第四句集『止幾女幾』（ふらんす堂）
　　　　　第五句集『真太太幾』（ふらんす堂）

現　在　「銀化」同人　俳人協会会員
現住所　千葉市稲毛区小仲台二―一―一―三三〇一
Mail　kouchi-fumio@nifty.com

句集　安止左幾（あとさき）

発　行　二〇二三年六月三〇日　初版発行

著　者　河内文雄

発行人　山岡喜美子

発　行　ふらんす堂　〒182-0002東京都調布市仙川町一―一五―三八―2F

電話〇三―三三二六―九〇六一　Fax〇三―三三二六―六九一九

ホームページ http://furansudo.com/　E-mail info@furansudo.com

装　幀　君嶋真理子

印刷所　日本ハイコム株式会社

製本所　株式会社松岳社

定　価　本体三〇〇〇円＋税

※乱丁・落丁本はお取り換え致します。

ISBN978-4-7814-1563-5 C0092 ¥3000E